KB065328

사랑할 시간이 많지 않다

문학과지성사에서 펴낸 정현종의 시집

나는 별아저씨(1978)

떨어져도 튀는 공처럼(1984)

한 꽃송이(1992)

세상의 나무들(1995)

갈증이며 샘물인(1999)

광휘의 속삭임(2008)

견딜 수 없네(2013, 시인선 R)

그림자에 불타다(2015)

어디선가 눈물은 발원하여(2022)

숨과 꿈(1982, 시론집)

정현종 시전집(1999, 전집)

문학과지성 시인선 R 15

사랑할 시간이 많지 않다

초판 1쇄 발행 2018년 5월 31일

초판 5쇄 발행 2023년 12월 27일

지 은 이 정현종

펴 낸 이 이광호

편   집 이민희 최지인 조은혜 박선우

펴 낸 곳 ㈜文學과知性社

등록번호 제1993-000098호

주   소 04034 서울 마포구 잔다리로7길 18(서교동 377-20)

전   화 02)338-7224

팩   스 02)323-4180(편집) 02)338-7221(영업)

전자우편 moonji@moonji.com

홈페이지 www.moonji.com

© 정현종, 2018. Printed in Seoul, Korea

ISBN 978-89-320-3107-1 03810

이 도서의 국립중앙도서관 출판예정도서목록(CIP)은 서지정보유통지원시스템 홈페이지
(http://seoji.nl.go.kr)와 국가자료공동목록시스템(http://www.nl.go.kr/kolisnet)에서
이용하실 수 있습니다. (CIP제어번호: CIP2018015409)

문학과지성 시인선 **R 15**

사랑할 시간이
많지 않다

정현종

일러두기

1. 이 책은 『사랑할 시간이 많지 않다』(세계사, 1989)의 복간본이다.
2. 저자의 확인을 거쳐 몇몇 시의 시어, 시행, 문장부호를 새롭게 확정했다.
3. 수록된 시의 경우, 맞춤법과 외래어 표기, 문장부호는 현행 국립국어원 규정을 원칙
   으로 삼되, 띄어쓰기는 문학과지성사 자체 규정을 따랐다.
4. 원문의 한자어는 한글로 옮기거나 각 시마다 처음 1회 병기하는 것을 원칙으로 삼았다.

사랑할 시간이 많지 않다

차례

모든 순간이 꽃봉오리인 것을

나는 가끔 후회한다
그때 그 일이
노다지였을지도 모르는데……
그때 그 사람이
그때 그 물건이
노다지였을지도 모르는데……
더 열심히 파고들고
더 열심히 말을 걸고
더 열심히 귀 기울이고
더 열심히 사랑할걸……

반벙어리처럼
귀머거리처럼
보내지는 않았는가
우두커니처럼……
더 열심히 그 순간을
사랑할 것을……

모든 순간이 다아
꽃봉오리인 것을,
내 열심에 따라 피어날
꽃봉오리인 것을!

잎 하나로

세상 일들은
솟아나는 싹과 같고
세상 일들은
지는 나뭇잎과 같으니
그 사이사이 나는
흐르는 물에 피를 섞기도 하고
구름에 발을 얹기도 하며
눈에는 번개 귀에는 바람
몸에는 여자의 몸을 비롯
왼통 다른 몸을 열반처럼 입고

왔다갔다 하는구나
이리저리 멀리멀리
가을 나무에
잎 하나로 매달릴 때까지.

품

비 맞고 서 있는 나무들처럼
어디
안길 수 있을까.
비는 어디 있고
나무는 어디 있을까.
그들이 만드는 품은 또
어디 있을까.

그게 뭐니

인도 보팔 시市에서

유니언 카바이드 가스로 눈멀어 죽은

한 소녀의

흙 속에 막 묻히고 있는

오 플라스틱 같은 얼굴에

저 청맹과니 뜬 눈

무얼 보고 있니 너는

태양을 보고 있니?

네 눈이 닿자마자

태양은 허옇게 사위어

청맹과니가 된다

네 눈이 닿자마자

빛이(!) 청맹과니다

모든 눈이 청맹과니다

네 눈은 고문이다

네 눈은 현기증이다

네 눈은 구토이다

무얼 보고 있니

그게 뭐니
네 눈!

몸뚱어리 하나

몸뚱어리 하나가 구만리요
몸뚱어리 하나가 촌척寸尺이다
목욕을 하면 깨끗해지기도 하고
기운을 빼면 맑아지기도 하는데
기쁨의 샘이며
절망의 주머니다
눈부신 아홉 구멍
만물이 드나드는 길목이 많아서
만물 교통의 중심이며
천지天地를 꿰고 있다
밝을 때는 거기 비치지 않는 게 없고
어두울 때는 제 속에 갇힌다
하루아침에 일어나고
하루아침에 쓰러진다
먼지 하나에 울지만
풀잎 하나에 웃는다
뛰어오를 때 이쁘지만
넘어질 때도 이쁘다

땅과 같아서

술과 같아서

물과 불이 더불어 있으니

물결에 취하고 불길에 취한다

(술 마신다는 건 물불을 안 가린다는 얘기다)

이 배는 그리하여

물길로도 가고 불길로도 간다

더러 빠지고 더러 데지만

그 정화淨化의 미덕!은 영원하다

만물이여 내 몸이여

허공이여 내 몸이여

매지호梅芝湖에 가서

수면水面과 한 몸으로
나도 퍼진다
가없는 마음이
여기 있구나

소리의 심연深淵 2

　여러 해 전 구례에서 남원 가는 기차에서 들은 기적 소리. 공중 어디에인지 영구 녹음되어 아직도 울리고 있는 소리. 기적 소리를 수없이 들었건만 다른 모든 기적 소리와 아주 다른 그 소리. 허귀盧鬼를 잡아먹었는지 허공을 잡아먹었는지 속이 그냥 텅 빈, 속이 텅텅 비고 속이 그냥 아주 없는 그 기적 소리. 기차에 탄 사람들 삼생三生을 다 바쳐도 이뤄낼 수 없고 그 마음들 전부와 살 전부를 부어도 만들어낼 수 없는 소리. 무슨 눈물 무슨 피로도 빚을 수 없고 무슨 절약이나 무슨 낭비로도 살 수 없는 소리. 모든 꽉 찬 거, 모든 뜨거운 것과 모든 찬 거, 모든 뚜렷하고 형체 있는 것들로는 그 소리의 제일 작은 구석의 제일 작은 귀퉁이도 까마득히 채우지 못하고, 기차가 달리고 달려 천년이나 만년 셀 수 없는 날들을 달려도 붙잡지 못할 그 기적 소리. 구만리 허공하고 내통하여 그 태허복중太虛腹中에 나를 배고 나는 또 내 배 속에 배고 있는 그 기적 소리. 세상 만물을 배고 있어 생명의 집과도 같고 썩은 나락奈落과도 같은
　지금도 허공과 두루 통한 귀에 울리느니, 하여간 밑도 끝도 없는 심연인 그 기적 소리!

생명 만다라

어릴 때 참 많이도 본
나팔꽃
아침을 열고
이슬을 낳은 꽃
아침 하늘의 메아리
이슬 맺힌 꽃
이슬에 비친 꽃 만다라
무한반영無限反映의 꽃 만다라
피, 붉은 이슬
의 메아리, 그
메아리 속에 생명 만다라
눈동자
에 맺히는 이슬
그 이슬 속에 삶 만다라

어떤 평화

오후의 산촌. 다섯 살쯤 돼 보이는 아이 하나가 앉아서 소가 풀 먹고 새김질하는 걸 바라보고 있다. 가까이 가는 사람도 못 느끼고 정신없이 보고 있다. 문득 나를 알아차리고 쳐다보며 얼른 "어디 살아요?" 하고 묻는다. "나는 서울 사는데 너는 여기 사니?" 목소리를 듣자마자 천하를 안심하고 다시 소한테로 눈길을 돌린다. 소 주려고 우리 바깥에 있는 짚을 한 움큼 집는데 아이가 좋아하는 얼굴로 "그거 잘 먹어요" 한다. 그 목소리 속에는 친근감과 기쁨이 들어 있다(자기가 하는 짓을 낯선 사람도 하는 데서 느끼는 친근이요 기쁨이었을 것이다).

그 뒤로 내 마음에 또렷한 그 '풀 먹고 있는 소를 하염없이 바라보고 있는 아이'의 사진을 나는 가끔 바라본다. 잊히지 않는 그림. 지지 않는 꽃. 평화여.

땅을 덮으시면서
—나는 개미다

뭐 개미라고 한다고 해서
개미의 온갖 미덕을 갖고 있다는
얘기가 아닙니다
다만 나는
기어다닐 수 있고
누구의 발에도 밟힐 수 있으며
폐허에 살면서 스스로는 폐허가 될 수 없어
자기의 전신全身만 한 한 까만 허리 잘록한 헛된
눈물이 될 수 있으며 또한
기어가다가 자빠져서
일어날 수 없음으로 희희낙락
전신이 허공을 안고 가사假死의 클라이맥스를
안고 버둥거릴 수 있습니다, 그러니
하늘인들 내 품에 안기시지 않으리오
땅을 덮으시면서

풀을 들여다보는 일이여

어렸을 때처럼
토끼풀을 들여다본다
네 잎 클로버를
찾아보려고

우주란 무엇인가
풀을 들여다보는 일이여
열반이란 무엇인가
풀을 들여다보는 일이여
구원이란 무엇인가
풀을 들여다보는 일이여

풀을 들여다보는 일이여
눈길 맑은 데 열리는 충일이여

낙엽

사람들 발길이 낸
길을 덮은 낙엽이여
의도한 듯이
길들을 지운 낙엽이여
길을 잘 보여주는구나
마침내 네가 길이로구나

한 청년의 초상

청년이 쇠파이프를 차에다 싣는다. 파이프를 실을 때 자신도 싣는 듯한 그의 표정은 무엇을 수렴하는가. 구원이다. 순수 집중의 순간.

파이프의 인력引力. 청년을 끌어당기는 파이프. 끌려 들어가는 청년의 전부. 그 부분이 환하다. 안 꺼지는 조명. 그의 표정에 실려 있는 청년의 전부. 삶과도 같은 풍부함. 부동不動의 풍부함. 구원.

외설

한참 꿈을 꾼다

포르노를 보고 있다

별게 아니라 삶처럼

여러 포즈로 꿈틀거린다

옆 사람이 (아는 소설가였다)

스크린 속으로 뛰어들었다가

맘에 드는 표정으로 걸어 나온다

나는 계속 초조하다

어디론가 가야 하고

시간에 쫓기고 있다

고장난 시계를 고치려고

시계방에 들어간 장면이 어디쯤 들어 있는지

분명치 않다 하여간

시계는 고장났고

고치지 못했다

아하 포르노로구나

거리는 삼엄하여 살벌하고

모두 막혀 있다

천신만고 어떤 건널목을 건너가는데
신통하기도 하여라 꿈에도
기어서 건넜으니!
하여간 어떤 책방 앞을 지나가는데
잠을 깨운다 출근 안 하냐고
부부처럼 외설스러운 게 어디 있으랴
제도의 외설
합법의 외설
타성의 외설
졸작 안정
걸작 연애
오호라 외설스럽구나 출근
더더욱 외설스럽구나 교육
희망만큼 낡은 절망의 외설
절망만큼 낡은 희망의 외설
그런 추상명사들의 실체인
여러 포즈가, 알을 까려고
또 알을 까려고
품고 있는 권태.

예술이여

——미하일 바리시니코프에게

나는 그대의 춤과 표정을 보고 있다
누가 내 온몸을 빨래 짜듯이 쥐어짠다
구정물이 뚝뚝 떨어진다

(극장을 나와서)
내가 땅을 밟으며 걸어가는 노릇도
도무지 주위를 손상하는 것 같아
공중을 걸어가듯 가만가만 걷는다
주위가 다칠세라……
바야흐로 세상에 있는 것들의 자리와 연결은
영기靈氣의 자장 속에 완전한 균형을 이루고 있다
꿰지 않은 열 말 구슬 같은
부서지고 상처 입은 우리 마음을
마침내 한 원광圓光으로 찰랑거리며
태양처럼 쳐들고 갈 수 있게 하는 그
참 신통한 기운……

하늘 전체가 그냥 그 눈동자요

땅 전체가 그냥 그 발바닥인

예술이여

천진天眞과 사랑의 두 날개를 단

생명의 여린 살이여

신바람

내가 잘 다니는 골목길에
분식집이 새로 생겼다.
저녁 어스름
그 집 아줌마가 형광등 불빛 아래
재게 움직이는 게 창으로 보인다
환하게 환하게 보인다
오, 새로 시작한 일의 저 신바람이여
세상에서 제일 환한 그 부분이여
옆집 담 안에 마악 벙그는 목련들도
신바람의 그 아줌마를 하늘로 하늘로
다만 받쳐올리고 있구나, 다만!

어디 우산 놓고 오듯

어디 우산 놓고 오듯
어디 나를 놓고 오지도 못하고
이 고생이구나

나를 떠나면
두루 하늘이고
사랑이고
자유인 것을

상품商品은 물신物神이며 아편

1

상품은 물신이며 아편
백화점은 유토피아로 가는 배.
상품은 반짝이고 생글거리며 달콤하고 아늑하다
여기는 충족과 열락뿐
신경은 안정되고 정신은 아득하다.

(허전한가, 상품을 안아라
 불안한가, 상품을 섬기라
 고독한가, 오 상점들의 위안)

2

이건 카운테스마라 성당
이건 금은 보석 교회
이건 전륜前輪구동 사찰

나 가죽 부대의 두 팔이 올라가느니

옷이 날개 만세!

금은 구원 만세!

굴러가는 절 만세!

제주도에게

제주도여 너는 아주
떠내려가렴
어디로든지 멀리
북에서 멀리
남에서도 멀리

멀리멀리
국가
      없는
           데로
국가
      아닌
           데로

아주 멀리
멀리멀리

몸이라는 건

몸이라는 건
(무거운 거 같애도)
떴다 하면
그냥
바람이니까

어떤 몸이든지 간에
하여간 다른 몸에 가서
붙어제치니까
바람 벽을 치듯이
붙어제치니까!

숲에서

1

만물 중에 제일 잘생긴
나무야
내 뇌수도 심장도 인제
초록이다
거기 큰 핏줄과 실핏줄들은
새소리의 샘이며
날개의 보금자리!
(지저귀는 실핏줄이여
 날으는 큰 핏줄이여)

2

내 필생의 꿈은
저 새들 중 암놈과 잠을 자
위는 새요 아래는 사람인

반인반조半人半鳥 하나 낳는 일!

새여, 내 부적이여

나무여, 내 부적이여

○

거기서 와서 거기로 가는

○은 처음이며 끝

○은 인생의 초상

○은 다 있고 하나도 없는 모습

꽉 차고 텅 빈 모습

○은 무엇일까

○은 가볍다

공기空氣의 숨결

굴리며 놀고

뒤집어쓰면 후광

○은 크고 밝다

○은 생명의 거울

○은 사랑

○ㄴ, 모든 곡식의 살

모든 열매의 살

이슬과 눈물의 정령

천체의 정령

금반지 은반지의 정령

풀잎과 나무의 정령

물과 피의 정령

방울들

온갖 소리들

모든 구멍의 정령

죽음의 정령

○의 정령

깊은 가슴
—1974년 시월 아이오와

시월 밤의 아이오와 시. 핀란드 출신 미국 시인 안셀름 홀로Anselm Hollo의 시 낭독회가 끝난 뒤 우리는 어느 선술집으로 들어간다. 안셀름, 카테리나, 어떤 소설가와 아마 그 애인.

희랍 시인 카테리나가 나한테 묻는다. 서울 인구는 얼마나 돼? 한 7백만 될 거야, 대답하고 나는 덧붙였다, 헌데 몇 명이 죽었는지는 모르겠어. 카테리나는 파안대소했다. 나란히 앉아서 우리는 한잔했다.

뭐랄까, 날개보다 더한 거
마음은 그냥 대기大氣.
자유?
오 이 벌판 같은
난 그대로
가공加工하지 않은
실물감實物感!
마음?
자, 만져봐

만져보라구

만져보라니까!

술집에서 나온다. 밤하늘에 별은 맑고 바람은 서늘한데 안셀름이 저쪽을 가리키며 내게 말한다. 저기 담 보이지, 그게 경찰서야. 내가 말했다, 우린 저 속을 볼 수 없지만 저기서는 바깥이 내다보이게 돼 있을 거야. 뭔지 신이 났다.

우리는 자리를 옮겨 무슨 카페에 들어갔고, 아이리시커피라는 걸 세 잔씩이나 마셨다.

소설가가 모는 차를 타고 돌아가는 길

새벽 3시

나는 내가 묵고 있는 아파트 앞에서 내렸다

안셀름이 따라 내렸고

우리는 끌어안았다, 나는 일찍이

이렇게 힘찬 포옹을 겪지 못했다

한 가슴이

지구를 안고 있었다.

나무의 사계四季

싹이 나올 때는
보는 것마다 신기한 어린애의
눈빛으로도 모자라는
기쁨의 광채, 경이의 폭죽이다가,
연초록 잎사귀의 청춘이
물불 안 가리듯 이 바람 저 바람에
나부껴
가지에 앉은 새들의
다리들도 간질이다가,
여름 해 아래 검푸르게 무성할 때는
루주도 한번 짙게 발라보는
사십대 후반의 여자이다가,
벌써 가을인가, 잎 지자
넘치던 여름잠에서 깨어
가을바람과 함께 깨어
말없는 시간과 함께 깨어
제 속에서 눈뜨는 나무들

눈 덮인 산의 겨울나무여
환히 보이는 가난한 마음이여

무를 먹으며

청계清溪 무밭에서
잘생긴 김장 무 하나를 얻어
고개를 넘는 동안 그걸
참 열심히 열심히 먹는다
(배가 쓰릴 만큼 먹었으나
 먹는 동안에야 자기가 얼마나 열심히
 먹는지 스스로 어찌 알았으랴)
동행한 사람이
"가슴 앞에다 참
단단히도 거머쥐고 먹네" 하며
웃으며 바라보니 알았지.

아하, 어린 시절에 우리는
무밭에서나 집에서나
줄곧 무를 먹었었느니
먹던 무를 높이 쳐들며 나는
추억에 홀린 내장으로 말한다
"이 무, 지금
어린 시절을 먹는 거야!"

정들면 지옥이지
── 광주 5월 18일

······또 다른 사람들은 권력(힘)을 얻게 되는데, 그들의 성공의 조짐은
다음과 같은 것이다 ── 권력을 얻으려고 한번 죄를 지었으면, 그들은
어떤 죄를 지어도 괜찮은 자유를 얻기 위해 그것(권력)을 사용한다······
── 마퀴 드 사드의 세계에 대한 모리스 블랑쇼의 설명의 일부

말〔言語〕을
퍼내고
버리고
다시 퍼내도
시체가 보이지 않는다.

시체들은 아주 깊이
가슴보다도 깊이
묻혀 있는 모양이다.

자기기만

자기기만은 얼마나 아름다운가
자기기만은 얼마나 착한가
자기기만은 얼마나 참된가
자기기만은 얼마나 영원한가
참으로 아름답고
            착하고
            참되고
            영원한
자기기만이여
불가피한 인생이여.

학동마을에 가서

1

밤중에 마을에 들어간다
칠흑을 전지로 비추며.
(시골 밤이라
 이게 얼마 만인가!)
귀신들이 몸에 감긴다──
시골 구석까지 전깃불이 들어간 뒤
어디로 갔을까 싶던 귀신들이.

국민학교 교과서에서 마악 걸어 나온
소 타고 피리 부는 게 필생의 꿈인
동행同行 병재거사炳梓居士의 본가本家.
어린 시절 시골집 창턱까지 올라와 피어
그 모습과 향기 속에 해와 달과 세상을 모두
 열고 숨기며 퍼뜨리고 있던 나팔꽃 그림자 아직도 꿈에
밝히는 동행 기심거사基心居士와,
 아직 마시지도 않은 가양주家釀酒에 떠나기 전부터 취해

술 욕심에 댓 자나 빠진 혓바닥으로 바람을 핥으며 나는
마을 길을 오른다.

2

(천지만물의 집이 다아 신성하지만)
정결하기도 하여라
아침 햇살에 드러난 시골집이여
수줍음도 아직 깃들여 있구나.

마당에 세숫대야 놓고
세수한 지는 또 얼마나 됐는지!
아침 공기와 아주 하나가 돼버린 내
촉각을 나는 무한정 날려 보냈고
공기 중에 아예 내놓은 허파는
푸른 심줄도 선명히 거기
허공에서 팽창하고 있었다.

푸른 공기와
햇빛으로 지은 집들,
내 허파는 언제나 거기
공중에 풀무질을 하고 있다.

담에 뚫린 구멍을 보면

담에 뚫린 구멍을 보면 내심

여간 신나는 게 아니다

다람쥐나 대개 아이들 짓인

그리로 나는 아주 에로틱한

눈길을 보내며 혼자

웃는다 득의양양

담이나 철책 같은 데 뚫린

구멍은 참 별미가 아닐 수 없다

다람쥐가 뚫은 구멍이든

아이들이 뚫은 구멍이든

그 구멍으로는 참으로 구원과도 같은

법열法悅이 드나들고 신법神法조차도 도무지

마땅찮은 공기가 드나든다!

오호라

나는 모든 담에 구멍을 뚫으리라

다람쥐와 더불어

아이들과 더불어

술잔 앞에서

숨 쉬는 법을 가르치는
술잔 앞에서
비우면 취하는
뜻에 따라서

오늘도 나는 마시이느니
여러 세계를 동시에 넘나드는 몸
원천源泉 없는 메아리와도 같은 말
정치政治 빼놓으면 참 걸리는 데 없어

나는 마시느니 오오늘도
비우면 취하는
뜻에 따라서

빈방

1

날이 추워지기 전에
도배를 하기로 한다
방 세 개, 마루 천장, 부엌 벽
품삯 재료값 합해서 25만 원
간식이 있으면 된다고.
계산은 위대하다
(예외는 있겠지만)
누구나 계산을 하니까.
바로 이 점이
사람들이 다투어
계산을 개탄하는 이유이다

2

책을 모두 내다가

마루에 쌓는다

장작 더미 같기도 하고

성벽 같기도 하며

폐허 같기도 하다

방이 텅 빈다…… 오오

나는 꽉 찬다

이렇게 좋구나

(설명적이어도 할 수 없으니)

이렇게 좋구나

빈 책장을 향하여 나는

춤을 춘다, 발작적으로

그 빈 서가書架를 향하여

두 팔을 벌리고

빈 걸 끌어안으며, 이렇게

한껏 폭발하는 법열法悅이 어디 있느냐

빈 걸 끌어안으며

빈방을 본다

흘러 넘치는 시선으로
책 속의 밤보다 더 깊은
밤을 빈방과 더불어

3

오오 책 없는 데로 가야지
책 대신 손을 펴 보이고
얼굴을 보이고
눈을 보이고
가슴이나 볼기짝,
나뭇잎을 보이고
흙이나 하늘
그냥 날기운, 숨결
피와 정액

4

빈 건 무릇 태胎이니

책과 종교와 성性을 섞어서

폭발시킨다 해도 미치지 못할

우주적인 숨

이 땅의 기억의 짐을 별로 지고 있지 않은*

새로운 인간의

얼굴과 피와 내장의 숨결

5

인간 해방?

책에서 해방돼야지

말에서 해방돼야지

이 책에서 저 책으로는 해방 없고

이 말에서 저 말로는 해방 없고

하여간

혓바닥이란 대저 키스할 때 제일 쓸모 있는 것!

할 만한 일 하나를 말하노니

내 피요 살이요 뼈인

꽃 한 송이를 폭발시켜야지!

* 프랑스 시인 생 종 페르스의 시 「아나바시스Anabasis」에는 "이 땅들의 기
억의 짐을 별로 지고 있지 않은 인간"이라는 구절이 있다.

오늘도 걷는다마는
──역사의 뒤안길

1

이건 피고
이건 강이다

이건 환상이고
이건 절벽이다

달에서 떨어지는 피
해가 말리는 피

6천만 마리의 오징어를
밤새 씹는다
아, 오징어에서 피!

2

우리의 시간은 어떻게 왔는가
그건 복병伏兵처럼 오고
제물祭物에 침 흘린다 한도 없이
연극을 뺨치면서 온
그건 진행이라기보다는 낙하
뛰어도 뛰어도 제자리 뛰는
악몽의 시간

3

그 시간 속으로 선물을 보내노니
반만년 만의 희소식이니, 저기!

한강에 하마河馬 떼(!)

시 창작 교실

내 소리도 가끔은 쓸 만하지만
그보다 더 좋은 건
피는 꽃이든 죽는 사람이든
살아 시퍼런 소리를 듣는 거야
무슨 길들은 소리 듣는 거보다는
냅다 한번 뛰어보는 게 나을걸
뛰다가 넘어져보고
넘어져서 피가 나보는 게 훨씬 낫지
가령 '전망'이란 말, 언뜻
앞이 탁 트이는 거 같지만 그보다는
나무 위엘 올라가보란 말야, 올라가서
세상을 바라보란 말이지
내 머뭇거리는 소리보다는
어디 냇물에 가서 산 고기 한 마리를
무엇보다도 살아 있는 걸
확실히 손에 쥐어보란 말야
그나마 싱싱한 혼란이 나오니
야음을 틈타 참외 서리를 하든지

자는 새를 잡아서 손에 쥐어

팔딱이는 심장 따뜻한 체온을

손바닥에 느껴보란 말이지

그게 세계의 깊이이니

선생 얼굴보다는

애인과 입을 맞추며

푸른 하늘 한번 쳐다보고

행동 속에 녹아버리든지

그래 굴신자재屈伸自在의 공기가 되어 푸르름이 되어

교실 창문을 흔들거나 장천長天에

넓고 푸르게 펼쳐져 있든지,

하여간 사람의 몰골이되

쓸데없는 사람이 되어라

장자莊子에 막지무용지용莫知無用之用이라

쓸데없는 것의 쓸데 있음

적어도 쓸데없는 투신投身과도 같은

걸음걸이로 걸어가거라

너 자신이되

내가 모든 사람이니

불가피한 사랑의 시작

불가피한 슬픔의 시작

두루 곤두박질하는 웃음의 시작

그리하여 네가 만져본

꽃과 피와 나무와 물고기와 참외와 새와 애인과 푸른 하
늘이

네 살에서 피어나고 피에서 헤엄치며

몸은 멍들고 숨결은 날아올라

사랑하는 거와 한 몸으로 낳은 푸른 하늘로

세상 위에 밤낮 퍼져 있거라.

귀신처럼

귀신처럼 살아가는구나

유리창을 깨며 들어온 최루탄이

안에서 터져 삽시간에

가스실이 된 건물 속에서

눈물 콧물 속에서

보지도 못하면서

숨도 못 쉬면서

질식사경窒息死境에서

참 귀신처럼 살아가는구나

떡 귀신

쇠 귀신

"이 자식들 이건 너무하잖어"

(무슨 얘기냐 하면 거리 진출 막으면 되는 건데 학교 안에다 그렇게 많이 쏘아서 쑥밭을 만드느냐, 어찌하여 너무 독해서 수출도 안 된다는 걸 툭하면 건물 안에다 쏘느냐, 어쩌다가 이렇게 함부로 하게 되었느냐……)

"벌레처럼 사는 거지요"

벌레 귀신

어떤 선생은 목에서 피가 나오고

어떤 이는 기관지와 폐가 못 견뎌 숨찬 병이 생기고

어떤 사람은 콧물 알레르기에 삼백예순 날 코를 풀다가
코에서 피가 나오고

어떤 이는 먹은 걸 모두 토하고

피부염에 비염

코 헐고 목 헐고 숨통 헐어

자꾸 숨차고 피 나오고

두루 엑스레이 찍어보고

참 귀신 곡하게는 살고 있구나

──정들면 지옥이니

남의 발등이 아니에요

결국 내 발등이에요

남의 생명이 아니에요

마침내 내 생명이에요

이 봄에

새소리 들리지 않고

그 어리숙한 꿩들은 다 어디로 갔는지

까치들도 아주 떠났는지

까치집도 교정도 황폐하구나

배경 근사하구나

정중한 인사의 배경

줄행랑의 배경

생존의 배경

떡의 배경

벌레의 배경

화사한 웃음

귀신처럼 웃고 있구나

굴신자재屈伸自在

귀신이로구나

살리로다 이내 인생

이게 얼마짜리 범벅인지

이게 얼마짜리 비빔밥인지

천천히 조금씩

정말 죽여주는구나

참 귀신처럼 살아가는구나

──정들면 지옥이니

움직이기 시작하였도다
— 어젯밤 꿈에

서재. 분야별로 된 두툼한 도감류가 꽂혀 있다. '식물편'
이라고 되어 있는 자연만큼 두툼한 걸 꺼낸다. 펼치자

거기 들어 있던(아마 사진이었던) 곤충 한 마리가 자기가
죽은 자리에서 되살아나 날기 시작하더니, 꽃 사이를 오고
가면서 작고 단단한 꽃가루를 옮긴다……!

(생식의 신神, 생산의 신이 일을 시작하셨도다)

잠 깬 뒤에도 눈에 선해 내 눈동자는 보이지 않는 데서
움직이는 창조의 힘이 내미는 가락으로 벙글거리도다.

태양에서 뛰어내렸습니다

싹이 나오고
꽃이 피었어요
나는 부풀고 부풀다가 그냥
태양에서 뛰어내렸습니다
뛰어내렸어요
태양에서
(생명의 기쁨이요?)
달에 바람을 넣어 띄우고
땅에도 바람을 넣어 그
탄력 위에서 벙글거렸지요

인제 할 일은 하나
아주 꽃 속으로 뛰어드는 일,
그야
거기 들어 있는 태양들을
내던지겠습니다
향기롭게, 붉게, 푸르게

궁지 1

어떤 '양심良心'이
다른 마음들을
궁지에 몰아넣는다

'양심'은 고독하고
다른 마음들은
합동결혼식처럼
고독하다

궁지에 몰린 건 무릇
다아 고독하다

양심은 잔인하다

'양심'과
다른 마음들을
다 같이 고독하게 하는 건 무엇일까
우리들을 모두

잔인의 궁지에 몰아넣는 건
무엇일까

세상일까
권력일까
하늘일까
아무개일까
밥일까
성욕일까
현실일까
꿈일까
통틀어서 무엇일까
우리들 자신일까

저런!

우리네 사람이여
궁지에서 나와서

궁지에서 살다가
궁지로 가느니

시골 국민학교

아, 시골 국민학교,
전경全景이 그 품속에 나를 안는다.
그 품속에
나는 안긴다,
안기고 또 안긴다

(세상을 통틀어
 거기에만 있는)

신성 평화여

시간의 꽃이여

꿈꾸는 메아리여

막무가내의 정결이여

우주의 신성 수렴이여

천하 밀림들의 전죄 아지랑이를
한 알의 콩알만 한 환약으로 뭉쳐도
당할 수 없는 밀도의
위와 같은 생우주들의 숨결이여
(아무리 집어내려고 한들
 말로써 어찌
 거기 어린 공기의 숨결에
 뺨을 대볼 수 있으랴)

아, 시골 국민학교!

송아지

내가 미친놈처럼 헤매는
원성 들판에서
이리 뛰고
저리 뛴다
세상에 나온 지
한 달밖에 안 된!
송아지

너 때문에
이 세상도
생긴 지 한 달밖에 안 된다!

움직임은 이쁘구나 나무의 은혜여

사람들이 나무 아래로 걸어온다
움직임은 이쁘구나
모든 움직임은 이쁘구나
특히 나무의 은혜여

쌀
―1985년 가을

다 된 벼가
아닌 가을장마에 물에 잠기니 속상해서 하는 소린데
아직 익지도 않은 벼를 두고
풍년, 풍년 하는 게 아닐세 이 사람들아
(못자리를 두고 '풍년'을 선전하지 않는 게 다행이라고
해야 할는지 모르겠으나)
쌀농사란
논에 서 있는 벼커녕은
타작할 때도 풍년 소리를 해서는 안 되며
창고에 넣은 뒤에도 아직 안 되며
쌀독에 부은 뒤에도 안 되고 오직
밥이 되어 입속에 들어간 뒤라야
할 수 있는 얘기일세

이게 어디 쌀에서 끝나는 얘기리요
정치 경제 문화 교육이 모두
입속에 들어간 밥커녕은
'풍년'이라는 년의
됫박으로 칠한 분 같아서야!

74

모든 '사이'는 무섭다

잠과 각성 사이의 표정처럼
무서운 건 없다
그 모습처럼
참담한 건 없다
모든 '사이'는 무섭다
모든 '사이'는 참담하다

이 열쇠로

바깥에서 문득
집 열쇠를 본다
이건 뉘 집 열쇠인가
이 열쇠의 쓰임새가 어렴풋하다
(열쇠에는…… 모두…… 무슨…… 재산이…… 딸려 있다
니…… 우리를…… 가두는…… 열쇠들……)

실은
이 열쇠로 나는
나무를 열고 싶다
사다리 같은 걸 열고
가령 강 같은 걸 열고 싶다
이 열쇠로
우리의 본연本然 헐벗음
시간의 나체를 열고
길들을 열고
아, 들판을 열고
(들판을 여는 손이 보이지?)
허공을 열고……

가을에

(사계四季가 모두 우리 눈앞에
 그냥 한번 크게 보여주는 것이지만)
가을의 일들을 보면
바깥이 바깥이 아니라
가을의 가슴속이에요
가을 바람에는 고만
마음의 끝이 안 보이지만
별수 없이 가을 바람 속으로
가을의 가슴속으로
걸어 들어가는 수밖에 없지요

걸어 들어가지요 저 바깥으로
바깥은 왜 가없이 퍼져 있는지
마음은 왜 거칠게 비어 그게 속알인지,
문명의 소꿉장난, 제도의 좁쌀 위를 미끄럼 타
슬슬 바깥으로 걸어 들어가지요만
바람 불어 마음은 거기 참 많기도 하군요

흙냄새

흙냄새 맡으면
세상에 외롭지 않다

뒷산에 올라가 삭정이로 흙을 파헤치고 거기 코를 박는
다. 아아, 이 흙냄새! 이 깊은 향기는 어디 가서 닿는가. 머
나멀다. 생명이다. 그 원천. 크나큰 품. 깊은 숨.
생명이 다아 여기 모인다. 이 향기 속에 붐빈다. 감자처
럼 주렁주렁 딸려 올라온다.

흙냄새여
생명의 한통속이여.

자장가 1
─잠이 오지 않는 밤에

잠들라
농부들이 땀과 가슴과
생전生前을 모두
땅에 묻듯이

잠들라
석탄처럼 묻혀 있는 광부들을
아무도 캐내지 않듯이

잠들라, 무엇보다도
이 나라 원혼冤魂들의
기나긴 그림자,
살에 파고드는 그
무한 슬픔이
너를 적시듯이

새한테 기대어

1

새가 공중에 깃들일 때
나는 그 날개 속에 깃들인다
나무에서 새들이 지저귀면
나는 그 소리의 방울 속으로
공기와 햇빛을 옮겨 간다

2

나한테 그건 별로 힘드는 일이 아니다
그건 타고난 내 버릇이니……
허나 새들이 내 감탄 속에
이 나무에서 저 나무로 옮겨 가는 걸 보며
나는 한숨짓는다, 새들이
이 나무에서 저 나무로 옮겨 가듯이
옮겨 가지 못하는 내 움직임들……

3

(그야, 또한 새들처럼)
자기의 전부로 움직일 때
무거움도 상처도 나으리니
무슨 행복이 더 있으랴
마음과 일치하는 움직임 외에……

막간幕間

── 신촌의 밤

1

여름밤은 깊어가고

취객醉客들은 거리에 넘친다

이 시간이면

인광燐光처럼 내뿜는 주정류酒精流의 활기가

땅과 하늘에 바람을 넣는다

내 썩은 뼈에서도 그러한 인광이

발광했을 것이다

문득 검은 원피스를 입은 아가씨 둘이

내 쪽으로 빨리 몸을 쏠리며 소리쳤다

아저씨, 저 사람 좀 보세요, 자꾸 따라와요!

보니, 한 녀석이 회오리바람으로 불어제치고 있었는데

거두절미 시 잘 쓰는 학생이었다

녀석을 보자 나는 고개를 돌려

계집애들한테 소리쳤다

이년들아, 나래두 느이들을 따라가겠다!

(……저 녀석이

여자 꽁무니 따라다니는 걸로도 유명했던 사뮈엘 베케트의

망령亡靈의 그림자의 한 반쪽쯤일지도 모르지)

2

돌이켜 보려 애쓰지 않아도

허공 전부가 그냥 망막網膜인 듯

어른거리며 귀에 울리는

움직임들의 영상映像의 메아리……

천둥을 기리는 노래

여름날의 저
천지 밑 빠지게 우르릉대는 천둥이 없었다면
어떻게 사람이 그 마음과 몸을
씻었겠느냐,
씻어
참 서늘하게는 씻어
문득 가볍기는 허공과 같고
움직임은 바람과 같아
온통 새벽빛으로 물들었겠느냐

천둥이여
네 소리의 탯줄은
우리를 모두 신생아로 싱글거리게 한다
땅 위에 어떤 것도 일찍이
네 소리의 맑은 피와
네 소리의 드높은 음식을
우리한테 준 적이 없다
무슨 이념, 무슨 책도

무슨 승리, 무슨 도취

무슨 미주알고주알도

우주의 내장을 훑어내리는 네

소리의 근육이 점지하는

세상의 탄생을 막을 수 없고

네가 다니는 길의 눈부신

길 없음을 시비하지 못한다

천둥이여, 가령

내 머리와 갈비뼈 속에서 우르릉거리다

말다 하는 내 천둥은

시작과 끝에 두려움이 없는 너와 같이

천하를 두루 흐르지 못하지만, 그래도

이 무덤 파는 되풀이를 끊고

이 냄새나는 조직을 벗고

엉거주춤과 뜨뜻미지근

마음 없는 움직임에 일격을 가해

가령 어저께 나한테 "선생님

요새 어떻게 지내세요"라고
떠도는 꽃씨 비탈에 터 잡을까
망설이는 목소리로 딴죽을 건
그 여학생 아이의
파르스름 과분果粉 서린 포도알 같은 눈동자의
참 그런 열심이 마름하는 치수로 출렁거리고도 싶거니

하여간 항상 위험한 진실이여
죽음과 겨루는 그 나체여, 그러니만큼
몸살 속에서 그러나 시와 더불어
내 연금술은 화끈거리리니
불순한 비빔밥 내 노래와 인생의
주조主調로 흘러다오 천둥이여
가난한 번뇌 입이 찢어지게
우르릉거리는 열반이여

네 소리는 이미 그 속에
메아리도 돌아다니고 있느니

이 신생아를 보아라 천둥벌거숭이
네 소리의 맑은 피와
네 소리의 드높은 음식을 먹으며
네가 다니는 길의 눈부신
길 없음에 놀아난다, 우르릉……

두루 불쌍하지요

두루 불쌍하지요
사람은 하여간
남의 상처에 들어앉아
그 피를 빨아 사는
기생충이면서 아울러
스스로 또한 숙주宿主이니

그저 열심히 먹어 부지런히
피를 만드는 수밖에 없지요

내 게으름은
──죽은 사람의 그림자

나는 저절로 게으른 것 같다
무슨 또 그럴싸한 변명이냐고?
그렇기도 하겠지만 하여간 나는
저절로 게으른 것 같다──
저절로라……
그렇다면 왜 그런가?

글쎄 그건 내 슬픔하고 상관이 있는 것 같다
슬픔하고?
그리고 뭣만 한 괴로움……
뭣만 한 괴로움?
사람들이 터무니없이 죽어간다
발로 쇳덩이를 차고 싶게──
골병들고 병신 많이 되었다
내 사지四肢를 새끼 꼬고 싶게──
새들은 날고
꽃은 또 피는데
몸은 아프고

죽은 사람은 없고……

썩으라고 있는 속으로

원혼寃魂들의 그림자

끝없이 길어

나는 그 그늘 아래 술 한잔하느니

지지리

게으르게도……

생명의 아지랑이

내 평생 노래를 한들
저 산에서 생각난 듯이 들리는,
생명 바다 깊은 심연을 문득 열어제치는
꿩 소리 근처에나 갈까.
벌레와 흙과 그늘이
목에 찬 듯한 허스키,
무슨 창법唱法 따위커녕은
그냥 제 생명에 겨운,
도무지 말 같지도 않은
꿩 소리 근처에나 갈까.

만물 속에서 타오르는
저 생명의 아지랑이를
내 노래는 숨 쉬느니
말이여, 바라건대
생명의 아지랑이여.

밤 시골 버스

멀리 보인다
밤 시골 버스.

버스 안이 환하다.

어렴풋이 승객들 보인다
멀리 환하게 지나가는
시골 밤 버스.

그걸 몽땅 하늘에 올려놓고 싶다
제일 밝은 태양처럼.

너는 누구일까

너를 보면 취한다
피와 기대에 취하고
성적性的 향기에 그 아지랑이에
취하고, 참 희한한 때도 있느니
세상 걱정이 없다
너는 누구일까

너는 바람을 넣는다
땅과 그 위의 길들에 바람을 넣고
심장과 발바닥에
그게 헤쳐가는 시간에
바람을 넣는다
너는 넘치는 현재
너는 누구일까

(제도의 공인公認으로 무죄를 비는 거야말로 외설이지
 관습에 기댄 자기기만이야말로 외설이지)
저 자연을 보렴

저 찰랑대는 방심放心을 보렴

INNOCENCE

너는 넘치는 현재

너는 누구일까

어스름을 기리는 노래

땅거미 지면서
세계는 풍부해진다!

어스름에 잠기는 나무들
오래된 석조 건물들
어슴푸레 수은등 불빛
검푸른 하늘이 표구해내는
어스름의 깊이

어스름은 깊고 깊다
인제 서로 닿지 않는 게 없고
인제 차별이 없다
(풍부하다는 건 차별이 없다는 것이다)
내 몸은 지나치게 열려 있다
허공이 그렇듯이,
내 손에 만져지지 않는 거란 없다
물이 그렇듯이……

한없이 자라는 손——

자〔尺〕

새는 날아다니는 자요
나무는 서 있는 자이며
물고기는 헤엄치는 자이다
세상 만물 중에 실로
자 아닌 게 어디 있으랴
벌레는 기어다니는 자요
짐승들은 털난 자이며
물은 흐르는 자이다
스스로 자인 줄 모르니
참 좋은 자요
스스론 잴 줄을 모르니
더없는 자이다
인공人工은 자가 될 수 없다
(모두들 인공을 자로 쓰며
 깜냥에 잰다는 것이다)
자연만이 자이다
사람이여, 그대가 만일 자연이거든
사람의 일들을 재라

새로 낳은 달걀

하산하면서 들르는 냉면집
총각이 방금 낳았다면서
달걀을 하나 내게
쥐여준다 햇빛 속에서

이런 선물을 받다니 ——
따뜻한 달걀,
마음은 이미 찰랑대는데
그걸 손에 쥐고 내려온다
새로 낳은 달걀,
따뜻한 기운,
생명의 이 신성감神聖感,
우주를 손에 쥔 나는
거룩하구나
지금처럼
내 발걸음을 땅이
떠받든 때도 없거니!

문명의 사신死神

아파트촌 아스팔트 위에
닭 한 마리 거니신다.
그저께도 보고
오늘 또 본다,
아스팔트 위의
닭
이여, 참담
하구나, 아스, 팔트
위의
닭이여——
모든 게 어긋나 있잖어?
생명이,
하하,
생명이
하하——도무지
기분 나쁘지 않어?
간질 기운이 막무가내로
지나가고, 우주가

거품을 물고 쓰러진다,

오호라 흙은 어디 있으며,

벌레들은 어디 있고,

물은 어디 있으며,

다른 닭들은 어디 있는가,

너무 반갑고, 아스팔트

우스꽝, 위의, 스럽고, 그렇기도 했던

닭이여,

죽음을 향한 발전

의 검은 아스팔트로

덮인 도시여,

무덤에 핀 꽃도 꽃은

꽃이니, 검은 닭이여

생명의 꽃이여

뭘 쪼느냐

자동차 한 마리 쪼느냐

아황산가스 쪼느냐,

소음을 쪼느냐,

인제 우리가 쪼을
사람의 가슴도
꿈틀거리는 생명도 없다,
살아 선혈이 낭자하게 쪼을
참되기 선혈과 같은 마음도
없다,
날지 못하는 새여——
미친 듯이 달리는 파산이다,
문명의 사신死神이여.

사랑할 시간이 많지 않다

사랑할 시간이 많지 않다
아이가 플라스틱 악기를 부―부― 불고 있다
아주머니 보따리 속에 들어 있는 파가 보따리 속에서
쑥쑥 자라고 있다
할아버지가 버스를 타려고 뛰어오신다
무슨 일인지 처녀 둘이
장미를 두 송이 세 송이 들고 움직인다
시들지 않는 꽃들이여
아주머니 밤 보따리, 비닐
보따리에서 밤꽃이 또 막무가내로 핀다

가난이여
—인도 시편 1

석가모니는 저 가난을 구할 길 없어
스스로 헐벗었다
정치로도 경제로도 무슨 운동으로도
국가 해 가지고는 더더구나 안 될 게 뻔하니
지상에 가난은 영원할 터이니
저 버림받은 가난을 어쩌나 어쩌나 하다가
도무지 그걸 구할 길 없어
스스로…… 헐벗었다

그리하여 한 사람의 알몸이 빛났다

그리고 영원한 마음의 고향이 되었다

아무 데로도 가는 게 아닌
―인도 시편 2

저녁 어스름 속을
어린 소 한 마리
보팔 거리를 걸어간다
(아 저 얼굴!)
!도무지 아무 데로도 가는 것 같지 않은
아무 데로도 가는 것 같지 않은
(참 사람 환장하게 하는)
저 표정,
도무지 아무 데로도 가는 게 아닌
아무 데로도 가는 게 아닌……

잃어야 얻는다
―인도 시편 3

(나도 뭘 잃었는데
또 뭘 잃은 덴마크 시인과 앉아
저녁을 보내고 나서
이걸 끄적거리니)

인제 알겠다
(뭘 아는 데는 참으로
세월이 필요하다)
그냥 한 귀로 듣고
한 귀로 흘리던 말
'진리는 단순하다'
나도 인제 감히 진리 하나 말하노니 무릇
잃지 않으면 얻지 못한다

잃어야 얻는다

손
—인도 시편 4

  인도 소리꾼이 올방구 치고 앉아 고전 음악을 노래한다.
저 손 움직이는 거 좀 봐. 보이지 않는 꽃 향기를 따라다니
는 것 같기도 하고 잡을 수 없는 꽃을 잡으려고 하는 것 같
기도 하며 물을 떠올리는 것 같기도 하고 여자의 허리를 애
무하는 것 같기도 하다.
  우리들의 손.

내가 잃어버린 구름

내가 잃어버린 구름이
하늘에 떠 있구나

.

봄과 연애

김동규
(철학자)

연애煙靄: 아지랑이를 가리키는 한자어로서 모락모락 피어나는 연기를 형상화했다. 이 외에도 춤추듯 노는 실이란 뜻의 '유사遊絲', 기운 센 야생마를 빗댄 '야마野馬', 활활 타오르는 볕인 '양염陽炎' 등의 한자어가 있다. 한자어가 모두 시각 이미지를 담고 있다면, 우리말 아지랑이는 시각의 청각적 변용 또는 느낌이나 체험의 음성적 구현에 가깝다. 글 제목으로 사용한 '연애'는 두 겹의 의미(煙靄/戀愛)를 담고 있다.

1. 봄밤의 대화

어느 봄밤, 봄기운에 살짝 취한 아빠가 어린 딸에게 뜬금없이 물어보았다. "아지랑이를 본 적이 있니?" 아이는 아지랑이라는 낱말조차 들은 적이 없나 보다. "아지? ⋯⋯호랑이?"라고 반문하며 말장난을 시작한다. 신이 나 장난질하는 아이를 보면서 나는 까마득한 유년 시절을 떠올렸다. 저만한 나이

때 즈음, 봄은 피부 깊숙이까지 찾아왔다. 버드나무는 치렁치렁한 연두색 가지를 시냇가에 드리우고, 올망졸망 개구리 알들이 어느덧 올챙이로 변해가고, 다채로운 꽃들이 만발하고…… 하지만 생명이 한바탕 늘어지게 기지개를 펴는 봄기운의 압권은 뭐니 뭐니 해도 아지랑이였다. 모락모락 아지랑이가 피어나면, 들녘 저 너머의 물상物像들이 여릿여릿 어른거린다. 간들거리는 그 동적 형상을 온전히 문자에 담기는 어렵다. 가물가물, 아물아물, 나근나근, 아롱아롱 등 온갖 의태어들을 나열해봐야 소용없다. 아지랑이를 볼 때, 아니 그 한복판에 들어설 때, 봄에 흠뻑 취한다. 비로소 나도 봄이 된다.

추억에 취했던 나는 아이에게 아지랑이에 대해 설명하는 것을 잠시 잊었다. 정신을 차리고 다시 말해보려 했지만, 혓바닥만 근질거릴 뿐 도무지 말이 터져 나오지 않는다. "그래서, 아지랑이가 대체 뭐야?" 아이는 자꾸만 채근하고 잇따라 내 마음도 조급해진다. 무슨 말이라도 내뱉고 싶다. 아빠의 유식을 그럴듯하게 뽐내고 싶다. 하지만 대충 아무렇게나 말하고 싶지는 않았다. 그러기엔 말에 담길 아지랑이도 말이 건네질 딸아이도 모두 소중한 존재들이기 때문이다. 게다가 지금은 봄밤이 아닌가? 김수영이 경구警句 형태로, 즉 "애타도록 마음에 서둘지 말라"(「봄밤」[1])고 경계하지 않았던가. 말을 아끼고 싶었다. 성급한 봉오리는 꽃샘추위로 곤혹을 치르

---

1) 김수영, 『김수영 전집 1』, 이영준 엮음, 민음사, 2018(3판), p. 155.

는 법이다. 별수 없이, 싱거운 질문에 답도 안 주는 바보 멍청이 아빠가 될 수밖에 없었다. 언어와 사유의 한계로 말문이 막힐 땐 시인에게 도움을 청해야 한다. 마음에서 아지랑이 시인을 헤아려본다.

과문한 탓에, 아지랑이를 다룬 절창을 둘밖에 모른다. 하나는 서정주의 것이고 다른 하나는 정현종의 것이다. 미당은 이렇게 노래한다. "아지랑이가 피어 오른다./설고도 어지러운 사랑의 모습처럼/녀릿 녀릿 흔들리며 피어 오른다."(「아지랑이」)[2]. 미당의 노래도 무척이나 좋지만, 여기에서는 정현종의 노래를 음미할 생각이다. 봄(자연)에 더 잘 어울리기 때문이다. 시인의 노래를 들어보자. "내 평생 노래를 한들/저 산에서 생각난 듯이 들리는,/생명 바다 깊은 심연을 문득 열어제치는/꿩 소리 근처에나 갈까. 〔……〕 만물 속에서 타오르는/저 생명의 아지랑이를/내 노래는 숨 쉬느니/말이여, 바라건대/생명의 아지랑이여"(「생명의 아지랑이」).

지금부터 이 시가 수록된 시집 『사랑할 시간이 많지 않다』에 의지하여, 아지랑이를 말해보기로 하겠다. 내가 보기에, 이 시집의 열쇠는 아지랑이다. 아지랑이는 정현종의 시 세계를 감추고 보호하면서도, 그 세계로 진입할 수 있게 하는 열쇠다. 아지랑이가 시집의 열쇠임을 밝히고 싶은 것도 진심이지만, "실은/이 열쇠로 나는"(「이 열쇠로」) 딸의 마음을 열고

---

2) 서정주, 『미당 시전집 1』, 민음사, 1994. p. 105.

싶다. 이 글은 거창한 시 비평이나 해설이기 이전에, 딸에게 전할 말을 찾으며 숱한 봄밤을 지새운, 미련한 아빠의 바람을 담고 있다.

2. 아지랑이 소리: 우글대는 존재들의 웅성거림

정현종의 아지랑이는 소리 나는 정경情景에 삽입되어 있다. 어느 날 시인은 산에서 꿩 소리를 듣는다. 그 소리에 감응한다. 그냥 절로 감동한다. 단말마의 그 휑한 음향에 시인이 감격한 이유는 무엇일까? 시인의 말에 따르면, 꿩 소리가 생명의 심연을 드러내고 있기 때문이란다. 그렇다면 여기서 생명의 심연이란 무엇을 뜻할까? 한 가지 해석을 시도해보자.

홀로 존재할 수 있는 생명 개체란 없다. 잘 보이지 않아서 그렇지, '개체'란 수많은 것들(다른 생명체들이나 비유기적 환경을 구성하는 사물들)과 얽혀 함께 살아가는 '공생체'다. 예컨대 꿩의 내장과 깃털에는 수억의 미생물들이 우글거리며 꿩과 절묘하게 공생하고 있다. 꿩 소리에는 이런 우글대는 것들의 존재감이 실려 있다. 생명체 하나를 깊이 들여다볼수록, 비가시적인 존재들이 어지럽게 우글거린다. 우글대는 것들은 속도감 있게 움직이며 아찔한 현기증을 자아낸다. 아지랑이란 바로 이 우글댐의 동력을 가리킨다.[3] 살아 있는 몸에는 생명의 아지랑이가 들끓는다. 꿩의 칼칼한 목소리에는 우글대고 들끓는 아지랑이가 응결되어 있다. 당연히 그런 소리에는 두터운 어둠의 깊이가, 곧 "밑도 끝도 없는 심연"(「소리의 심연深淵 2」)이 내비칠 수밖에 없다.

흔히들 공생symbiosis을 말할 때, 개미와 진딧물 간의 상리공생처럼 상부상조하는 정겨운 모습만을 떠올린다. 하지만 생물학적 공생에는 편리공생, 편해공생 그리고 기생도 있다. 이처럼 생존의 유불리에 따라 대차대조표를 작성해 공생의 종류를 분류해볼 수는 있지만, 더불어 살 수밖에 없는 생명체는 그 어떤 강자라도 불쌍한 것일 수밖에 없다. 먹고 먹히고 더 먹겠다고 눈물겹게 싸우다 결국 썩어(박테리아의 먹잇감 되기) 문드러지는 존재인 한, 불쌍하기는 모두 마찬가지이기 때문이다. 유일하게 동족만을 경쟁 상대로 삼는 지상 최강의 포식자, 인간조차 예외는 아니다. 시인은 처연하게 이렇게 노래한다. "사람은 하여간/남의 상처에 들어앉아/그 피를 빨아 사는/기생충이면서 아울러/스스로 또한 숙주宿主이니//그저 열심히 먹어 부지런히/피를 만드는 수밖에 없지요"(「두루 불쌍하지요」). 어떤 생명체도 절대적 단독자로 군림할 수 없다. 자신의 존재 근거를 타자에게 의탁할 수밖에 없다. 이런 점에서 우리 인간도 기생체일 뿐이며, 누군가의

---

3) 『장자莊子』의 「소요유逍遙遊」에서 아지랑이〔野馬〕는 살아 있는 것들이 서로 숨을 내뿜는 현상〔生物之以息相吹也〕으로 묘사된다. 장자는 아지랑이를 생명체들의 호흡 활동으로 상상한 셈이다. 호흡은 과학적으로도 연소와 동일한 화학반응으로서 생의 에너지를 산출하는 동력원이다.

피를 빼는 '붙음살이'야말로 생명의 근본 형식이다. 어쩌면 생의 냉엄한 형식에 대한 뼈아픈 자각과 두루 불쌍해하는 마음이야말로 참된 양심의 두 기둥일 것이다. "다른 마음들을/ 궁지에 몰아넣는"(「궁지 1」) 그런 양심 말고, 도대체 양심이란 게 존재한다면 말이다.

대지에서 우글대는 것들의 웅성거리는 소리는 천공으로 퍼진다. 꿩 소리는 그런 웅성거림의 집약체이다. 생의 아지랑이는 파문波紋을 그리며 분출된다. 우글거리는 아지랑이의 시각적 파문은 청각적 파동으로 전환된다. 이와 유사한 현상을 시인은 "움직임들의 영상映像의 메아리"(「막간幕間」)라고 말한다. 꿩 소리에 감탄하면서 시인은 시에 대해 되돌아본다. 평생 시를 써도 꿩 소리에 못 미칠 것 같다며 탄식한다. 생명의 아지랑이가 타오르는 말[言]을 기원한다. 말에서 아지랑이가 가물거릴 때, 비로소 말은 노래가 된다. 피그말리온의 갈라테이아처럼, 노래는 숨을 내쉬고 생명을 얻는다. 요컨대 시란 아지랑이로 꿈틀대는 어지러운 웅성거림이다. "싱싱한 혼란"(「시 창작 교실」)을 담고 있는 말이다. 현란한 기교가 아니라 언어에 어리는 아지랑이를 통해서, 시는 완악한 마음을 녹인다.

조르조 아감벤은 빼어난 저서 『불과 글』에서 이렇게 말한 바 있다. "글을 통해서만 전해질 수 있는 불, 하나의 이야기 속에 완전히 녹아든 신비는 이제 우리의 말을 빼앗고 스스로를 가두면서 한 점의 이미지로 변신한다."4) 아감벤이 말하는 이 이미지는 그야말로 정현종의 아지랑이가 아닐까? 불, 즉 생의 신비는 결코 이야기될 수 없다. 주절주절 이야기한다 하더라도, 말의 종국에는 말할 수 없는 어떤 이미지만 남는다. "모든 글, 모든 문학은 불의 상실에 대한 기억"(같은 책, p. 12)이며, 그중 시는 가장 원형적인 기억이다. 활활 타올랐던 불에 대한 아스라한 이미지, 그것이 바로 시적 언어의 아지랑이다.

시인마저 말의 아지랑이를 그리워하고 꿩 소리에 겸손해하는 모습을 보면, 내가 딸애의 채근에도 아무 말 못 한 것은 당연한 일이다. 이것 말고도 아지랑이를 말하기 어려웠던 중요한 이유는 또 있을 것이다. 기실 그 이유는 간단하고 명료하다. 봄날에 더 이상 아지랑이를 볼 수 없기 때문이다. 봄하늘에서 아지랑이가 사라지자, 온갖 날짐승들도 종적을 감췄다. "이 봄에/새소리 들리지 않고/그 어리숙한 꿩들은 다 어디로 갔는지/까치들도 아주 떠났는지"(「귀신처럼」).

아지랑이가 사라진 가장 큰 이유로는 심각한 대기오염, 환경오염을 꼽을 수 있다. 「그게 뭐니」는 1984년 인도 보팔시에 있었던 참사를 그리고 있다. 당시 미국 석유화학 회사인 유니언카바이드 공장에서 유독 가스가 누출되어, 2천5백여 명의 사망자가 발생했다고 한다. 대기오염의 주범이 공장, 자동차, 발전소 등임을 뻔히 알면서도 왜 막지 못하는 것

---

4) 조르조 아감벤, 『불과 글』, 윤병언 옮김, 책세상, 2016. p. 23.

일까? 한 가지 이유는 확실하다. 우리 모두가 물신화된 자본주의의 노예가 되었기 때문이다. 심지어 우상파괴에 가장 앞장서야 할 종교마저 물신을 숭배한다. 시인은 "상품은 물신이며 아편/백화점은 유토피아로 가는 배"라고 냉소를 던지면서, "금은 구원 만세!/굴러가는 절 만세!"(「상품商品은 물신物神이며 아편」)라며 명실상부해진 물신 숭배를 희화화한다. 또한 공동체가 커질수록 권력의 독점욕과 폭력성도 함께 커져서, "최루탄"(「귀신처럼」) 같은 것이 도심 전체를 뒤덮기도 한다.

한여름이 되어서야 현대인들은 아지랑이를 볼 수 있다. 땡볕이 아스팔트 위의 달걀을 튀길 정도는 되어야 아지랑이가 도심에서 타오른다. 시간이 어긋나 있다. 이렇게 때늦은 건 사실 아지랑이라고 할 수도 없다. 물론 '고온의 물체에 접촉하여 더워진 공기가 주위 공기보다 가벼워져 생기는 현상'이라는 아지랑이의 물리적 해명에는 포함될 것이다. 하지만 원자에는 생명이 없고, 물감에는 그림이 없으며, 음표에는 음악이 없다. 뒤의 것들이 앞의 것들로 구성된다지만, 복잡 미묘한 현상을 단순 요소로 환원할 수는 없다. 공통의 보편자를 통해서 깔끔하게 개별 현상들을 평정할 수는 없다. 과학적인 해명이 똑같더라도, 봄 아지랑이는 여름 뙤약볕에 달구어진 아스팔트 문명의 열기와는 전혀 다른 것이다.

3. 꿩과 닭 그리고 기적汽笛의 소리

「문명의 사신死神」에서 시인은 홀로 아스팔트 위를 배회하는 닭을 묘사한다. 현대인의 애처롭고 우울한 초상화다. 흙, 물, 벌레도 없는 아스팔트에 덩그러니 놓인 닭의 신세가 참담하기 그지없다. 산속 야생동물인 꿩과 극명한 대조를 이루는 것은 말할 것도 없거니와, 한때 동네와 마당을 활보했던 과거의 닭과도 너무 다르다. 봄 아지랑이가 사라진 이곳은 죽음의 도시다. 매연에 그을린 "검은 닭"에게 그곳은 무덤이자 지옥이다. 사신에게 붙잡힌 우리 마음에 생명의 아지랑이가 피어날 가능성은 희박하다. 그렇지만 시인은 "무덤에 핀 꽃도 꽃은/꽃이니"라며 실낱같은 희망을 남겨둔다. "선혈과 같은 마음"을 가진 새를 꿈꾼다. "자기의 전부로 움직일 때"(「새한테 기대어」), 도시의 닭도 산중의 꿩 소리를 낼 수 있을 것이다. 온몸으로 움직이는 '혼신의 순간'만이 문명의 어긋남을 바로잡을 수 있다. 그렇다면 그런 비상飛上의 순간은 어떤 시간일까?

그 전에 병든 닭 신세를 면하기 위해 반드시 시골로 가야만 하는 것인지 생각해볼 필요가 있다. 한 가지 방편임은 분명하다. 하지만 유일한 길은 아니다. 최선의 길인지도 불확실하다. 궁극적으로 문명도 인간도 자연의 일부이기에, 문명의 깊숙한 어딘가에 자연이 숨겨져 있기 마련이다. 무작정 문명을 떠나 자연으로 돌아가라고, 행복했던 과거를 복원하

자고, 시인은 제안하지 않는다. 오히려 도시의 일상에서 아지랑이의 낌새를 감지하려 한다. 이 점에서도 정현종은 토속적이고 과거 회귀적인 미당과 차별화된다. 물론 차이점보다 공통점이 (예컨대 아지랑이 비밀의 견자라는 점) 크다는 전제 위에서 할 수 있는 비교다.

정현종의 시는 '자연 – 문명'이란 단순 대립 구도에서 벗어나 있다. 상투적 문명 비판에서 비켜나 있다. 이런 점을 잘 보여주는 작품이 「소리의 심연深淵 2」이다. 여기에는 기차의 기적 소리가 등장한다. 기적 소리는 이 시집에서 꿩 소리와 쌍벽을 이루며 절묘한 화음을 구축하고 있다. 통상 증기 기관은 산업혁명의 엔진이라 불리며, 기적 소리는 근대 기술 문명의 대표 상징물로 꼽힌다. 그래서 언뜻 자연의 단순 대립물로 설정될 것 같지만, 전혀 그렇지 않다. 시 속에서 그려지는 기적 소리는 꿩 소리처럼 심연을 드러내는 특별한 소리다. 항상 그런 건 아니지만, 기계가 내는 소리도 각별할 수 있다. "기적 소리를 수없이 들었건만 다른 모든 기적 소리와 아주 다른", 그래서 거의 기적奇蹟 같은 소리이다. '그' 기적 소리는 "속이 그냥 텅 빈, 속이 텅텅 비고 속이 그냥 아주 없는" 소리이자, 동시에 "세상 만물을 배고 있어 생명의 집"과 같은 소리이다.

시인에게 공空과 무無는 충만한 존재(내지 존재의 충만)의 단순 반대물이 아니다. 오히려 그 이면이자 존재 조건이다. 여기에서 빔이란 특정한 무엇 '이다'라고 할 만한 것이 '없음'

을 뜻한다. 이런 없음은 무엇이든 될 수 있는 잠재성을 허락해준다. 그리하여 빔 자체는 아무것도 아니면서 제각각의 것들이 본연의 모습으로 현상하게끔 한다. 넉넉히 만물을 아우르고 낳는 빔이다. 하지만 또 다른 '근거나 이유Grund'를 통해서 설명이 불가능하고 제어할 수 없다는 점에서, 빔은 심연Ab-grund이기도 하다. 시인은 석가모니나 장자(이 시집에서 호명된 인물들), 노자나 하이데거 등이 추상적 개념들로 피력했던 심오한 통찰을 실감나게 직감한다.[5] 「소리의 심연深淵 2」를 비롯하여, 「빈방」「시 창작 교실」「가난이여」「잃어야 얻는다」 등의 작품이 보여주듯, 육화된 언어로 통찰을 현시한다.

자연과 문명의 관계도 빔과 충만의 관계처럼 설정된다. 자연은 문명 가능성의 조건이며, 문명은 자연의 당당한 일부이다. 문명은 심연의 깊이를 얻으면 얻을수록 자연과 더 가까워진다. 그럴수록 '감추길 좋아하는 자연'을 더 잘 드러낸다. 기실 자연은 꽃, 새, 별 같은 사물이 아니며, 그 총합도 아니다. 오히려 사물들이 절로 저다울 수 있게 놔두는 빔에 가깝다. 아무튼 만물을 회집시키고 잉태할 수 있는 잠재성의 소리, 곧 텅 빈 소리라는 점에서 꿩 소리와 기적 소리는 일치한다.

---

5) 필자는 정현종 시 세계에서 '실감'이란 낱말의 위상과 의미를 부각시킨 적이 있다. 「실감의 미학—정현종 시인과의 대화」(『시인수첩』 2017년 봄호) 참조.

4. 사랑의 순간, 넘치는 현재

이번에는 「너는 누구일까」라는 시를 펼쳐보자. 이 시에서
'문명 속 자연'의 단서를 좀더 구체적으로 찾아낼 수 있기 때
문이다. "너를 보면 취한다/피와 기대에 취하고/성적性的 향
기에 그 아지랑이에/취하고, 〔……〕 저 자연을 보렴/저 찰랑
대는 방심放心을 보렴/INNOCENCE/너는 넘치는 현재/너는
누구일까". 이처럼 이 시는 너는 누구냐는 의문으로 끝난다.
그것은 '너'의 정체가 충분히 밝혀지지 않았다는 뜻이다. 묻
고 또 물어도 새롭다는 뜻이다. 시 속에선 너의 정체가 '넘치
는 현재'로 단언된다. 넘치는 현재, 아직은 모호하다. 반갑게
도, 여기에서 다시 아지랑이를 만난다. 이곳에서는 아지랑이
가 성적 향기로 변신했다. 일단 '너'는 살아 있는 육체(피)와
세속적인 사랑(기대)이 어우러진 에로틱한 대상으로 여겨진
다. 어찌 보면 뻔한 대상이지만, 아지랑이에 취하면 정체불
명의 대상이 된다. 사랑의 향이 아지랑이로 피어오르면, 세
상의 모든 것들로부터 걱정과 근심이 사라진다. 아지랑이가
일으킨 "바람"을 통해 모든 것들의 의미가 부풀려져 풍성해
진다.

문명인들은 성적 향기를 외설로 단죄하지만, 시인이 보기
에, 단죄의 척도가 더 외설스럽다. 성욕이 죄인 듯 혹은 아
예 없는 듯 치장하는 자기기만적 척도가 더 외설스럽다. 「자
〔尺〕」에서 시인은 이렇게 단언한다. "인공人工은 자가 될 수

없다/(모두들 인공을 자로 쓰며/깜냥에 잰다는 것이다)/자연만이 자"이다. 시인은 자연의 순수한 '찰랑대는 방심'을 보라고 말한다. (더없이 외설스러운) 제도나 금기로 아무리 억누르고 긴장케 해도, 자연의 방심을 막을 수는 없다. 막아서도 안 된다. 자연의 무위가 인위의 바탕이자 척도이기 때문이다. 도심 한가운데에서 찾을 수 있는 이 찰랑대는 방심이 바로 사랑이다. 사랑은 생의 아지랑이가 지펴낸 마음이다. 사랑의 아지랑이가 뭉게뭉게 피어오를 때, 현재는 찰랑대며 넘쳐흐른다. 충일한 현재다. 이쯤 되면, '너는 누구일까'라는 질문의 답은 더욱 선명해진다. '너'는 사랑의 주체도 사랑의 대상도 아니다. 차라리 '자연-스러운' 사랑, 혹은 사랑하는 '시간'을 뜻한다.

생명이 고갈된 도심에서도 사람은 사랑하며 살아간다. 사랑은 도시에서 볼 수 있는 유일한 아지랑이다. 사랑은 아스팔트 위의 아지랑이가 아니라 봄날의 아지랑이에 더 가깝다. 사랑의 밀어는 닭보다 꿩 소리에 근접한 자연의 노래다. 하지만 도시의 인간들은 불로장생부터 사이보그 트랜스휴머니즘에 이르기까지 불멸에 현혹되어왔다. 그래서 사랑에 게으르다 못해, 불감, 불능, 불구인 상태인데도 그것을 모른다. 불멸에 눈먼 그들은 '넘치는 현재'를 영원히 미룬다. 그러나 시간이 영원히 흘러가더라도 현재는 결코 넘치지 않는다. 오로지 사랑만이 현재를 찰랑댈 수 있기 때문이다. 지상에서의 영원은 오직 사랑하는 순간에만 머문다. 사랑할 때에만, 현재는 흥건히 넘쳐흘러 과거와 미래를 아우르고 통합할 수 있다. 사랑하는 지금 이 순간에만 영원이 삶에 스며든다.

생의 아지랑이, 곧 사랑으로 충만해진 현재를 시인은 활짝 핀 꽃에 빗댄다. 생이 온통 그런 현재로 만발하기를 기원한다. "모든 순간이 다아/꽃봉오리인 것을,/내 열심에 따라 피어날/꽃봉오리인 것을!"(「모든 순간이 꽃봉오리인 것을」) 모든 순간은 꽃봉오리다. 그런데 봉오리가 만개滿開하는 일은 쉽지 않다. 시인에 따르면, 순간을 피어나게 하는 것은 '열심'이다. (짧은 시에 열심이란 단어가 무려 여섯 번이나 반복된다.) 사랑의 열심熱心, 즉 생명과 사랑의 아지랑이로 가열된 뜨거운 마음이다.

생각해보면, 개화開花 직전의 순간을 꽃봉오리로 만든 것 역시 열심이다. 풍성한 만개도, 귀여운 봉오리를 맺는 것도, 모두 열심의 작용이다. 열심을 통해 한껏 부푼 마음이 하나의 시점時點에 모인다. 봉오리로 집중된다. 금방 터질 것만 같다. 이런 순간은 아름답고 생기 넘치는 시간이다. 질적 차이를 내는 특별한 시간이다. 이런 점에서 순간이란 그저 짧은 시간, 혹은 시간의 최소 단위를 뜻하지 않는다. 오히려 생의 전부가 한 점으로 응축된 시간을 뜻한다. 꽃봉오리가 생의 시각적 결정結晶이듯, 순간이란 일생을 압축해놓은 절정絶頂 이미지다. 어질어질한 이미지 하나에 스며든 시간이다. 독일어로 순간Augenblick이란 '한눈Auge에 들어온 전망Blick'을 뜻한다.

철학자 하이데거는 순간을 창의 뾰족한 끝Spitze으로 묘사한다. 우리네 삶이 날 선 한 점에 응집된 시간이라는 말이다.[6] 그에 따르면, 생이 한 점으로 모이는 이 순간에야 비로소 결단할 수 있으며, 결단과 동시에 참된 자기를 찾게 되며, 그제야 자신이 처한 상황을 이해할 수 있다. 이것이야말로 결정적 순간이며, 측정 가능한 시간의 임계치를 훌쩍 초월한 '넘치는 현재'다. 하이데거는 순간을 만드는 것이 죽음(혹은 깊은 불안과 권태)이라고 보고 있다. 직관적 이해가 어렵다면, 죽음 앞에서 생 전체가 주마등처럼 스치는 순간을 떠올려도 좋다. 반면 우리의 시인은 (생명과 사랑으로 데워진) 열심을 꼽고 있다. 시인과 철학자가 어느 한쪽에 방점을 두었을 따름이지, 사랑과 죽음, 둘 모두가 순간을 꽃봉오리로 만든다. 삶이란 결국 '사랑하다가 죽어가는 시간' 외에 다른 것이 아니기 때문이다.

오직 생화生花만이 피었다가 질 수 있다. 개나리, 진달래, 목련, 벚꽃은 짧은 봄 한철을 화려하게 수놓았다가 순식간에 사라진다. 너무도 덧없기에 그만큼 더 아름다운지도 모르겠다. 순간순간의 현재를 아름다운 꽃봉오리로 피워내기는 어렵다. 살면서 모든 순간을 사랑으로 수놓기는 힘들다. 그래서 선남선녀의 인생살이는 후회와 다짐의 반복인 듯하다.

---

6) 마르틴 하이데거, 『형이상학의 근본개념들』, 이기상·강태성 옮김, 까치, 2001. pp. 254~55.

5. 사랑이 긴급하다

사랑할 시간이 많지 않다
아이가 플라스틱 악기를 부—부—불고 있다
아주머니 보따리 속에 들어 있는 파가 보따리 속에서
쑥쑥 자라고 있다
할아버지가 버스를 타려고 뛰어오신다
무슨 일인지 처녀 둘이
장미를 두 송이 세 송이 들고 움직인다
시들지 않는 꽃들이여
아주머니 밤 보따리, 비닐
보따리에서 밤꽃이 또 막무가내로 핀다

　　　　　　　　—「사랑할 시간이 많지 않다」 전문

「사랑할 시간이 많지 않다」는 최상급 사랑가다. 볼수록 경탄스러운 점은 구체적 사랑 표현이나 감정의 누설 하나 없이 무심하게, 그럼에도 어떤 노래보다 더 절절하게 사랑을 전한다는 점이다. "나를 떠나면/두루 하늘이고/사랑이고"(「어디 우산 놓고 오듯」)라는 태도로, 주체적 자아를 방기함으로써 오히려 사랑의 진면목에 도달한다. 이 시에서 시인은 앞서 언급한 사랑의 전모를 이미지 하나에 용해시키고 있다.

시의 화자는 버스를 탄 듯 보인다. 버스 안팎에 남녀노소가 옹기종기 모여 있다. 평범한 도심의 풍경이기에 별다를 것이 없어 보인다. 아이는 플라스틱 악기를 불며 놀고 있고, 할아버지는 헐레벌떡 버스로 뛰어오고, 장미를 든 처녀 둘은 자리를 이동하고 있다. 아주머니의 보따리에는 파와 밤이 슬며시 내비친다. 매일 보는 도심 풍경의 한 컷일 뿐이다. 조금 자세히 들여다보면, 버스, 플라스틱, 비닐이라는 인공물들과 파, 장미, 밤꽃이라는 자연물들이 묘한 대조와 조화를 이룬다. 이때 사랑할 시간이 얼마 남지 않았다는 생각이 밀려온다, 막무가내로. 아마도 프로이트나 라캉의 세례를 받은 사람이라면, 식물의 성기인 장미와 비린 밤꽃 향기가 화자의 무의식에 성적 아지랑이를 촉발했다고 추정할 것이다.

촉발만으로는 전체 현상을 설명할 수 없다. 마찬가지로 사랑은 섹스에 한정되거나 성적 욕망으로 환원될 수 없다. 그것은 젊은 남녀의 독점물도 아니다. 처음부터 "사물의 정다움"을 노래했던 시인은 사랑의 폭을 넉넉히 잡고 있다. 에로틱한 사랑은 물론이거니와, 사람이나 사물과의 친밀감, 생의 고통에 대한 존중, 사라지는 것들과 흐느끼는 것들에 대한 애틋함, 우주적 친화력에 대한 경탄, 심지어는 소위 '열반'과 '구원'(「풀을 들여다보는 일이여」) 같은 것까지 포괄한다. 자타 관계의 측면에서 말한다면, 사랑이란 "나 아닌 것들에 동화하는 이끌림의 동력"[7]이며, 이런 사랑을 위해서는 "자신 안에서 다른 사람을 사랑할 수 있다는 그 가능성을 사랑해

<hr>

7) 정현종, 『두터운 삶을 향하여』, 문학과지성사, 2016, p. 237.

야"[8]한다.

다시 시의 풍경을 들여다보자. 천진한 아이는 아무 근심 없이 놀고 있다. 신神 나는 놀이에 빠지면, 신기하게도 모든 사물과 친밀해진다. 굳이 버드나무나 풀피리가 아니어도 좋다. 플라스틱 막대를 가지고도 동심은 생명을 노래한다. 성장한 처녀 둘은 자기들과 어울리는 장미를 들고 있다. 생기 넘치는 젊은이들은 멈춰 있지를 못한다. 제 힘과 흥에 겨워 움직일 수밖에 없다. 장밋빛 젊음은 영원토록 시들지 않을 것만 같다. 그러나 처녀는 곧 아주머니가 된다. 어엿한 성인이 되어 자기 자신을 책임져야 할 뿐만 아니라, 어찌하다 보면 자식을 낳고 가족을 보살펴야 한다. 이건 결코 만만치 않은 일이다. 맞벌이까지 해야만 한다면, 삶의 하중은 더할 것이다. 종일 팍팍한 일에 시달리면서도 아주머니는 재래시장에서 장을 본 모양이다. 식구들에게 따뜻한 저녁을 해 먹이려고 한 보따리 식재료를 들고 있다. 정겨운 모습이다. 그러나 현실 속 그 집 아들은 말썽만 피우고, 딸은 저만 알고, 남편은 무뚝뚝해서 살가운 대화를 나눈 적이 없을지도 모른다. "정들면 지옥"(「귀신처럼」)인 곳을 그녀는 말없이 살아내고 있다. 이게 어떻게 가능할까? 검질긴 사랑이 아니면 불가능할 것이다. 세상풍파에 단련된 사랑이기에 가능한 일이다.

---

8) 장-뤽 낭시, 『신, 정의, 사랑, 아름다움』, 이영선 옮김, 갈무리, 2012, p. 144.

시인은 이 아주머니의 도통道通해져가는 사랑을 파가 '쑥쑥 자라고 있다'며 우회적으로 그린다. 이처럼 저마다 제때의 순간들이 꽃봉오리로 피어나고 있다.

마지막으로 인생의 황혼에 접어든 노인이 등장한다. 생물학적으로는 죽음과 가장 근거리에 있는 사람이다. 죽음과의 대면은 생명과 사랑의 긴박을 증폭시킨다. 시에서 긴급한 상황은 시선의 어지러운 속도로 구현된다. 시의 카메라는 사람들과 피사체를 빠르게 훑고 지나간다. 그렇게 속도감 있는 동중정動中靜의 기법으로 풍경 하나가 완성된다. 시의 풍경 자체가 꽃봉오리의 순간이 된다. 특히 노인이 황급히 뛰어오는 장면은 시간의 촉박함을 알린다. '문명의 사신'과 '귀신'(「귀신처럼」)이 출몰하는 도시에서 죽음은 오래전에 임박한 상태다. 절박하고도 간절한 상황이다. 행여 긴박한 상황이 아니더라도, 지금을 꽃봉오리로 피워내기 위해서는 필멸의 유한성을 기억할 필요가 있다.

6. 봄날의 경구

지금껏 말했던 봄은 계절만을 뜻하지 않는다. (참고로 봄이라는 단어는 「귀신처럼」에서 단 한 번 언급될 뿐이다.) 봄은 무엇보다도 생명의 아지랑이가 약동하는 시간을 가리킨다. 봄은 시작을 알린다. 무시무종無始無終하게 순환하는 것이 계

절임에도 봄을 처음 명명하는 이유다. 아파트 장벽으로 비루하고 옹색해진 도시인들의 마음에도 봄은 "새로 시작한 일의 저 신바람"을 불어넣는다(「신바람」). 동시에 봄은 끝과 죽음을 머금은 멜랑콜리한 시간이다. 흐드러진 꽃들의 현재가 무참하고 허망하게 과거로 사라지는 시절이다. 그러나 봄은 시종始終의 경계를 수직적으로 도약spring하고 초월하는 황홀한 순간이기도 하다. 봄이 아닌 시간은 어쩌면 '죽지 못해 사는 시간' 혹은 '살아도 사는 것 같지 않은 시간'을 뜻한다. 봄은 생명으로 찰랑대고 사랑으로 부푼 자연의 시간이자, 문명의 잣대로 억압하면 할수록 막무가내로 터져 나오는 방심의 순간이다. 한 가지만 덧붙인다면, 봄이란 "담에 뚫린 구멍"(「담에 뚫린 구멍을 보면」)처럼 비가시적인 생명의 신비를 희미하나마 볼 수 있게 해주는 봄gaze과 열림의 시공時空이다. 유독 봄에만 아지랑이가 아른거리는 이유다.

봄날은 홀연히 왔다가 순식간에 사라진다. 꿈결 같다. 그래서 서둘러야 한다. 부지런해야 한다. 밤에는 서두르지 말더라도, 아지랑이 피는 낮에는 서둘러야만 한다. 시집 『사랑할 시간이 많지 않다』를 바탕으로 김수영풍 봄날의 경구를 완성시켜본다면, 다음과 같이 요약될 수 있을 것이다.

하나, 아둔한 마음에 서둘지 마라.
둘, 사랑의 열심에 네 전부를 걸어야 한다.
셋, 경구(금지나 당위)의 존재 이유가 사랑의 방심임을 잊지

마라.

앞 세대가 경험했던 황홀경을 미래 세대와 공유하고픈 심정은 인지상정일 것이다. 우리 아이들에게도 봄 아지랑이를 직접 보여주고 싶다. 더구나 시인의 가르침에 따르면, 그것은 최상의 시 교육, 창의성 교육이다. "내 머뭇거리는 소리보다는/어디 냇물에 가서 산 고기 한 마리를/무엇보다도 살아 있는 걸/확실히 손에 쥐어보란 말야"(「시 창작 교실」). 황사와 미세먼지로 온 나라가 자욱한 지금, 애석하게도 아지랑이를 직접 보여주는 것은 거의 불가능하다. 남은 길이라고는 사랑의 아지랑이를 느끼게 하는 것뿐이다.

정현종의 시는 무언의 아지랑이로 제련된 종鐘이다. 여태껏 내가 슬쩍 타종해본 셈인데, 유감스럽게도 병아리 삐악대는 소리에 그쳤을 것이다. 섣부른 타종은 그만 멈추기로 한다. 하나 마나 한 이 이야기는 가볍게 넘겨듣고, 이제 당신이 직접 그 (정현-)종에 부딪칠 차례다. 솜방망이 타격으로는 결코 큰 종을 울릴 수 없다. 세게 부딪칠수록 종소리가 점점 더 깊고 맑게 울릴 것이다. 당신은 아지랑이의 파문 소리에 조율될 것이다. 그 소리가 당신 내면에서 바람을 일으킬 것이다. 당신은 흔들리고 흩어지다가, 이내 "어떤 평화"가 찾아올 것이다. 다시금 연애에 빠지게 될 것이다.

1978년 출범하여 오늘까지 이어져온 '문학과지성 시인선'
이 독자들의 사랑과 문인들의 아낌 속에 한국 현대시의 폴리
스Polis를 이루게 된 사실은 문학과지성사에 내린 지복이기
도 하지만 동시에 한국 시를 즐겨 읽는 독자들에겐 '상리공생
相利共生'의 사안이기도 하다. 왜냐하면 한국 시의 수준과 다
양성을 동시에 측량할 수 있는 박물관의 역할을 이 시인선이
해줄 수 있기 때문이다. 요컨대 여기는 한국 시의 '레이나 소
피아Reina Sofia'이다. 시의 '뮤제오 프라도Museo Prado'가
보이지 않는 게 아쉽긴 하지만.

그러나 '문학과지성 시인선'이 현대시의 개성들을 다 모아
놓고 있다고 오연히 자부할 수는 없다. 시인선의 편집자들이
한국어의 자기장 내에서 발화하는 시의 빛점들을 포집하기

위하여 고감도 안테나를 드넓게도 촘촘히도 작동시켰다 하더라도, 유한자 인간의 "앨쓴"(정지용, 「바다」) 작업은 빈번히 누락과 착오로 인한 어두운 그늘들을 드리워놓기 십상이기 때문이다. 환상과 우연의 힘들은 완전하고자 하는 의지를 김빼는 한편, 우리의 울타리 바깥에서도 시의 자치구들이 사방에 산재해 저마다 저의 권역을 넓혀나가고 있다는 사실을 확인케 해 새삼 우리를 겸허한 반성 쪽으로 이끌고 간다.

모든 생명적 장소가 그러하듯이 시의 구역들 역시 활발한 대사 운동 끝에 팽창과 수축을 거듭하면서 크게 자라기도 하고 소멸되기도 한다. 때로는 구역의 진화와 시의 진화가 심히 어긋나는 때가 있으며, 그중 구역은 사용을 멈추었는데 시는 여전히 생생히 살아 있을 경우야말로 애달픈 인간사 그 자체가 아닐 수 없다. 외로 떨어진 시 덩어리는 우주선과 잡석들이 빗발치는 망망한 말의 우주에서 유랑자의 위상에 처하게 되고 갈 곳 모른 채 표류하다가 서서히 소실의 검은 구멍 속으로 빨려 들어가거나 완벽한 정적의 외진 구석에 유폐된 채로 그 자리에서 먼지로 화할 수도 있을 것이다.

실로 한국 현대시 100년을 경과하면서 역사의 무덤 속으로 들어가기를 거절하고 삶의 현장에 현존하고자 하는 의지를 내뿜는 시 뭉치들이 이곳저곳에서 출몰하는 횟수를 늘려가고 있었으니, 특히 20세기 후반기에 출판되었다가 다양한 사연으로 절판되었거나 출판사가 폐문함으로써 독자에게로 가는 통로를 차단당한 시집들의 사정이 그러하여, 이들이 벌겋

게 단 얼굴로 불현듯 우리 앞을 스쳐 지나갈 때마다 우리는 저 시 뭉치의 불행과 저들과 생이별하여 마음의 양식을 잃은 우리의 불운을 한꺼번에 안타까워하는 처지에 몰리게 된다.

그리하여 우리는 '문학과지성 시인선' 내부에 작은 여백을 열고 이 독립 행성들을 우리 항성계 안으로 모시고자 한다. 이는 '시인선'의 현 단계의 허전함을 메꾸기 위함이요, 돌연 지구와의 교신망을 상실한 시 뭉치에 제2의 터전을 제공하기 위함이요, 독자의 호시심好詩心에 모자람이 없도록 하고자 함이니, 이 삼중의 작업을 한꺼번에 이행함으로써 우리는 한국 시에 영원히 마르지 않을 생명 샘의 가는 한 줄기가 될 수 있기를 소망한다.

이 작업을 통해서 우리는 옛것의 귀환이라는 사건을 때마다 일으킬 터인데, 이 특별한 사건들은 부족을 메꾸는 부정-보충적 행위를 넘어 새로운 시의 미각적 지대, 아니 더 나아가 새로운 정신적 지평을 여는 발견적 행동이 되고야 말리라는 것을 확신하는 바이다. 우리가 특별히 모실 이 시집들의 숨겨진 비밀이 워낙 많다는 뜻을 이 말은 품고 있거니와, 진정 이 시집들은 처음 세상에 모습을 드러내었던 당시 독자를 충격했던 새로움을 보존할 뿐만 아니라 같은 강도의 미지의 새 새로움의 애채를 옛 새로움의 나무 위에 돋아나게 해줄 것이 틀림없다. 그리하여 독자는 시오랑E. M. Cioran이 언젠가 말했듯 "회상과 예감réminiscence et pressentiment이 반대 방향으로 멀어지기는커녕, 하나로 합류하는"(「생-종 페르스Saint-John Perse」, 『예찬 실습*Exercises d'admiration*』 in 〈저작집*Œuvres*〉, Pleiade/Gallimard, 2011) 희귀한 체험을 생생히 누리리라 짐작하거니와, 이 말의 주인이 그 체험의 발생 주체로 예거한 시인을 가리켜 "모든 시간대에서 동시대인으로 존재하는 사람un contemporain intemporel"이라고 말했던 것과 마찬가지로, 이 체험의 신비함이야말로 모든 시간대에서 최고의 신선도로 독자를 흥분케 할 것이다.

그렇긴 하지만 우리는 이 재생의 사건들을 특별히 꾸미는 별도의 총서는 자제하였다. 그보단 우리의 익숙한 도시인 '문학과지성 시인선' 안에 포함시키고자 하는데, 우리의 '시인선' 자체가 늘 그런 신비한 체험을 독자들에게 제공해주기를 기대하기 때문이다. 다만 아주 시치미를 떼어서 독자를 정보의 결핍 속에 방치하는 우를 범할 수는 없는 연유로, 처음부터 시작하는 번호에 기호 R을 멜빵처럼 감쳐서, 돌아온 시집임을 표지하고자 한다. R은 직접적으로는 복간reissue의 뜻을 가리키겠지만 방금의 진술에 기대면 이 귀환은 곧 신생과 다름이 없어서, 반복répétition이 곧 부활résurrection이라는 뜻을 함축할 뿐 아니라 더 과감히 반복만이 부활을 가능케 한다는 주장까지 포함할 수 있을 것인데, 그 주장이 우리 일상의 천편일률적이고 지루하고 데데한 반복을 돌연 최초 생의 거듭남으로 변신시키는 마법의 수행을 독자들에게 부추길 것을 어림한다면, 그것은 아무리 되풀이 강조되어도 지나치지 않을 것이다. 더욱이나 어느 현대 시인은 "R이 없어서,

죽음은 말 속에서 숨 막혀 죽는다*Privé d'R, la mort meurt d'asphyxie dans le mot*"(에드몽 자베스Edmond Jabès, 『엘, 혹은 최후의 책*El, ou le dernière livre*』, 1973)는 촌철로 언어의 생살을 도려내었으니, R을 통해서만 언어는 존재의 장식이기를 그치고 죽음조차 삶의 운동으로 되살리는 것이다.

그러니 '문학과지성 시인선'의 새로운 R의 행렬 속에서 우리가 독자들에게 바라는 것은 이 한 글자의 연장이 무엇이든 그 안에 숨어 있는 한결같은 동작은 저 시인이 암시하듯 숨통 터주는 일임을 상기해달라는 것이다. 이 혀를 안으로 마는 짧은 호흡은 곧이어 제 글자의 줄이 초롱처럼 매달고 있는 시집으로 이목을 돌리게 해, 낱낱의 꽃잎처럼 하늘거리는 쪽들을 흔들어 즐겁고도 신기한 언어의 화성이 울리는 광경을 마침내 목격하고 청취하는 데까지 당신을 이끌고 갈 수 있을 터이니, 그때쯤이면 이 되살아난 시집의 고유한 개성적 울림이 시집에 본래 내재된 에너지의 분출이면서 동시에 그것을 그렇게 수용하고자 한 독자 자신의 역동적 상상력의 작동임을 제 몸의 체험으로 느끼게 되리라.

㈜문학과지성사